지상의 마지막 선물

홍준경

1954년 구례에서 부 홍성일 님과 모 박향남 님의 8남매 중 막내아들로 출생하여 섬진
강, 지리산에서 유년 시절을 보내고 한국외대 무역대학원에서 국제경영학을 공부했다.
2005년 〈강원일보〉 신춘문예에 당선되어 문단에 등단했고, 감사원장상을 수상했으
며, 시집으로는 『섬진강 은유』 『산수유 꽃담』 『산수유꽃 어머니』 『산수유꽃 은유』 『지
상의 마지막 선물』 등이 있다. 산수유 고장 구례 산동에 홍준경 시화 벽화마을(구례군
청)이 있다.

junkyung3691@hanmail.net

지상의 마지막 선물

—

초판 1쇄 2020년 11월 2일
지은이 홍준경
펴낸이 김영재
펴낸곳 책만드는집

—

주소 서울 마포구 양화로3길 99, 4층 (04022)
전화 3142-1585·6
팩스 336-8908
전자우편 chaekjip@naver.com
출판등록 1994년 1월 13일 제10-927호
ⓒ 홍준경, 2020

—

* 이 책은 전남문화관광재단의 일부 지원을 받아 발간되었습니다.

—

ISBN 978-89-7944-743-9 (03810)

지상의 마지막 선물

홍준경
시 집

책만드는집

아내는
신부전증 환자
콩팥이식
두 번이나 했다

거기다가
대장암까지
종합병동
그 자체다

난 항상
5분대기조
신발 끈
동이고 산다.

− 2020년 가을
홍준경

2부   지상의 마지막 선물

3부　옥잠화 오후

4부   우리 아버지 동춘 양반

5부　손자가 로또다

6부   도둑맞은 여름

1부

화엄 홍매

화엄 홍매

화엄사

해토머리

살얼음 녹아들 때

긴 여울목 물소리가

홍매화 그물에 걸려

앞 옷섶

흘깃 엿보자

귓불 붉힌

저 눈웃음!

풍장風葬

사포질한 겨울밤

뭇별이 웅성대고

별똥별 획을 긋다

혼불처럼 사라질 때

한 생애

꺼진 숨결이

바람 앞에 투항한다

겨울 성자聖子

—나목裸木

벌거벗은
겨울나무
동안거冬安居
참선 중이다

허공을
떠받치고
세상사
무념무상

버려서
적멸에 드는
무소유의
저 성자

어버이날 찔레꽃

5월 햇귀 무동 태운

어버이날 성묫길에

곰삭은 그리움으로

흐드러진 찔레꽃 덤불

두 어른 형형한 눈빛

생시인 듯 훤합니다

순교殉教

칼바람
단두대인가
각혈하는
화엄 동백

초발심
굳은 절개
순교로
지켜 세운

저토록
아름다운 절명,
매천* 선생
뵌 듯하다

* 매천 황현. 조선 말 유학자로 국권피탈 후 절명시 네 수를 남기고 전남 구례에
서 스스로 목숨을 끊었다.

한가위

아내는
이불 빨래며
동분서주
밤낮이 없다

명절에
찾아오는
새끼들 위한
의식이다

자기 몸
돌보지 않고
보름달
키우는
저,
자애

페미니즘 담론

여자 셋이 모이면
접시 깬단 시절 있었지

요즘은 한 여인 입에
오뉴월 서릿발이니

아무리
음양의 그늘
바뀌었다 해도
조선에서까지

대마도에서

대마도

갔더니만

대마는 볼 수 없고

왜倭 음식

곡기 끊고

순국 택한 면암勉庵* 정신

그 질긴

한일 관계가

오늘에도

쌈질이네

* 구한말의 문신·학자·애국지사였던 최익현 선생의 아호.

4월 고로쇠나무

흡혈!

그 아픔 이후
폐경기를 맞았는가?

물색 하늘 섬기며
애오라지 잎을 틔워

제 몸의
상처 만지며

육필 자서전 쓰는
고로쇠나무

이팝꽃 밥상

보릿고개
넘던 그때
눈물 삼켜
심으셨나,

햇살 지펴 뜸들인 하얀 쌀밥 이팝나무

울 엄니
그 뜻 알아서인지
고봉 이밥
그득합니다

동백 설야

동백꽃에 함박눈이
겹꽃으로 피어나는 밤

사진첩에
숨은 사람
저벅저벅
걸어 나와

홀연히
미소 지으며
적멸탑을
쌓고 있네

화두

물안개
자욱이 젖은

화엄사 홍매
그늘에 서서

남은 한 생 어이할꼬 화두 하나 던져본다

나직이
지는 꽃잎이

빈손으로
가고 있다

석고대죄
－상사화

어머니
돌아가신
텅 빈 집
쑥대 섶에

그리움이 역모였던가, 석고대죄 꽃대 세운,

상사화
연분홍 꽃술
엄니 뵌 듯
눈물겹다

메꽃

장끼 우는
오뉴월 훈풍

메꽃 속살
기웃대면

떼울음 무논 개구리
꽃잎 귓전 간지럼 태워

보시시
웃는 저 입 모양
어이 그리
내 누이 같나

갯메꽃

갯바람 맞아가며
개펄 뒤켠
엎드려서

파도 소리
귀를 절여
짭조름한
꽃망울 열어

난바다 널린 뒷담화
주절주절
전하는
꽃!

애기메꽃

덩굴마다
숨긴 사연
꽃으로 일순 피어

알리고픈
긴 메시지
하마 다 못 전하고

홀연히
저녁놀 적셔
울음 토한
애기보살!

큰메꽃

꽃잎 틔우면 잎새 지는

상사화 닮은 꽃이라니

분홍색 짙은 립스틱

곱디곱게 치장하고

백일몽

부스스 선잠 깨어

선하품하는

큰메꽃!

선메꽃

   그리 살면 몇 해나 사나 꽃 피면 이우는 법, 여러해살이 저 선메꽃 매초롬히 홀로 서서

   매캐한 모깃불 연기 속

   죽살이 한때

   읊조리는가

나팔꽃* 내력

인도양 건너온 역사
아늑히
먼 날들인데

새벽이슬
먹을 감고
갠지스강
그리워

해마다 나팔귀 열어
고국 기별
기다리는 꽃!

* 나팔꽃 원적은 인도.

옥잠화

한풀 숙인
여름 햇살
입추 문턱
넘어서서

손 비비며 섬긴 세월
꽃대궁 실하게 키워

새하얀
면사포 쓰고
웨딩마치
기다리는 꽃

2부

지상의 마지막 선물

지상의 마지막 선물 1

-장기 나눔

한 생명

몽땅 섬기는

히포크라테스 손길은

작은 우주

숨 돌리는

믿음의

약속 같은 것

나눔은

주는 게 아니라

이란성으로

태어나는 거야

지상의 마지막 선물 2
－천생연분

좋아진 현대 의술 하나님도 감탄하겠어

　애들은 코흘리개 아내 나이 막 불혹이었지 당뇨합병 만성신부전증 진단받고 콩팥이 제 기능 잃어 사경 헤매는 아내 옆에서 내가 할 일은 기도밖에 없었어 사방팔방 노력 끝에 기증자가 나타나 어렵게 이식에 성공했으나 사용 연한이 문제인 거야 잘 쓰면 10여 년이라고… 최첨단 의술 덕에 20여 년 지난 요즘 용도폐기 단계에 오자 이제는 조직이 달라도 이식이 가능하다니 이 얼마나 낭보인가! 그때 못 주고 아껴둔 내 콩팥 있지 않은가! 하늘이 무너져도 솟아날 구멍이 있다고 나를 두고 하는 말이야

　하늘이 맺어준 인연 찰떡궁합 아닐는지요?

지상의 마지막 선물 3

- 쌍둥이 부부

만성신부전증 아내 20년째 투병 중이다

갈아 끼운 콩팥도 정년 다 된 퇴역 장군처럼 이임을 준비 중인지 투석기에 의지한 채 하루가 천 년 같은 아내의 병상 생활, 우리는 지상에서 마지막 선물을 나누기 위해 '혈액 교차반응 검사'를 했다 동일 혈액형이 아니라* 노심초사 기원 끝에 전문의 진단은 이식 적합 판정이다 수술 날을 잡고 병원을 나서는데 마치 개선장군인 양 어깨가 들썩댄다 겨울 하늘이 따뜻하고 된바람도 상쾌했지

이란성 쌍둥이 부부, 부활을 꿈꾸는가!

* 아내의 혈액형은 B형이고 내 혈액형은 A형이다.

지상의 마지막 선물 4
-은혜

감사가 넘쳐나면 은혜가 되나 보다

신장이식 교차반응 판정받고 산모 출산일 알려주듯 수술할 날짜까지 정하다니! 고향집에 내려와 하늘에 뜬 풍선마냥 흔들흔들 그냥 푹 쉬고 있다

큰 시합 선수나 됐는지, 몸을 만들며 말이야

지상의 마지막 선물 5

– 김치

밥 먹으려 하릴없이 김칠 먹는 게 아니라

김치를 먹기 위해 두레상을 차리곤 한다

갈수록 당신 손맛이 어머니를 닮아가다니!

지상의 마지막 선물 6

– 겁쟁이

평소에 겁쟁이로 소문난 꿍생원이

장기이식 공여자 수술 날 받아놓고 아무 일 없는 것처럼 담대하게 지내고 있지 주위 사람에게는 마치 자기최면 걸듯 자랑까지 하면서 말이야 아내 앞에서는 더더욱 덤덤한 척 뻥도 치는데 난들 왜 떨리지 않겠어 그런데, 그런데 말씀이야 암 병동을 우연히 지나면서 우리 부부는 그래도 행복하다고 스스로 위로했어 만약에 갑자기 '말기 암'이라는 청천벽력 진단이 내려졌다면 어쩔 뻔했어?

참말로 천국과 지옥이 문지방 하나 사이라고

지상의 마지막 선물 7
– 삶과 죽음

아내가 입원해 있는 6인실 병실엘 간다

젊은이부터 구순 넘은 할머니까지 별의별 환자들이 다 누워
있는데 그들의 아픔과 고통이야 어찌 다 말로 다 하랴만 오래
사는 게 문제가 아니라 건강하게 사는 게 답이 될까? 그러나
분명한 건 이냥저냥 사는 것도 사는 거지만 어떻게 죽느냐가
더 큰 문제인 것 같아 입맛 두루 씁쓸한데,

저기 저, 투석기에 의지한 아내가 안쓰러워 죽겠네

지상의 마지막 선물 8

- 개띠 아내

58년 개띠니까 두 해 남은 환갑 나이

요즘 100세 시대라 야단에 난리법석인데 그게 뭐 그리 크게
자랑할 일이던가 한 번 왔다 한 번 가는 정해진 순리 앞에 겸
손히 살다 건강이 사그라져 저승사자가 데리러 오면 감사히
순응해야 되는 게지 억지로 호흡기에 생명을 연장하는 건 환
자도 보호자도 고생 아닌가 말이야

일흔 살 희수만 넘겨도 큰 복이라 할 수 있지!

지상의 마지막 선물 9
– 성묘

어머니 봉분 앞에 무릎 꿇어 성묘하고

'신체발부身體髮膚는 수지부모受之父母요, 불감훼상不敢毁傷이
효지시야孝之始也'라 고전 한 구절 읊조려 놓고 어머니께 차마
꺼내기 힘든 메시지를 전하는데 말이지 말 그대로 "엄니, 당신
이 주신 튼튼한 내 신장, 그거 하나 마누라한테 나누기로 해놓
고 허락받으러 온 거야 박수 칠 거지?!" 갑자기 겨울 하늘이
어두워지며 된바람 불어오는데

난분분 눈발 맞으며 눈시울 붉힌 자드락길!

지상의 마지막 선물 10
- VIP 환자

나야말로 의료보험 해당 없는 VIP 환자인가

이식 수혜자는 보험 혜택자이고 장기 기증자는 환자가 아니
란다 나는 환자복만 입었지 의료보험 계열에서 제외된 우리
나라 특별 환자! 두 눈 지그시 감고 수술대에 오르기로 한다
그냥 사랑 하나만 가슴팍에 꼬옥 품고 두 손 모아 기도하면서

모든 건 하늘의 뜻이야 할렐루야, 오 할렐루야

지상의 마지막 선물 11

－히든카드

자동차에 장착된

스페어타이어처럼

내가 아낀 신장 하나

쓸 곳이 있다 하네

한 사랑 심으러 가리

아내 가슴

빗장을 열고

지상의 마지막 선물 12
-수술실

무서워 눈 질끈 감고 침대에 실려 갔지

짝을 이룬 아내 침상 내 옆에 있어줄까?

그 후론 꽉 잡힌 호흡, 혼돈의 우주였어

지상의 마지막 선물 13

- 회복실에서

희미한 의식 앞에 가족들이 보인다

삶과 죽음의 경계가 이런 것인지 아무런 기억이 없다 그저 몽롱한 아픔뿐, 눈을 뜨고 주위를 살펴보니 가족들이 안도의 한숨을 몰아쉬고 있지 않은가 그냥 눈물이 난다 해냈다는 성취감과 사랑하는 사람들과의 재회 때문일까 감사한 마음만 그득하다 느닷없이 원효대사 시 한 구절이 섬광처럼 머리를 스쳐 간다 '죽지 말지 태어나기 괴롭거든, 태어나지 말지 죽기가 괴롭거든'

아내의 안부를 물어본다, 하나같이 일약 회복 중!

지상의 마지막 선물 14

─ 병실에 돌아와서

아내는 중환자실, 나는 내 병상으로

줄 것 다 내어주고 허탈하게 돌아왔다 통증은 억지로라도
참을 수 있지만 괜한 두려움이 엄습해 온다 중환자실 궁금해
서 가족에게 물어봐도 역시나 통제구역 가본 사람 하나 없다
사랑 아니면 연민인가 그도 아니면 이제 내 분신이라 그런가
옆에 두고 보고 잪다

무통증 주사로 참기엔 인내심도 역부족이다

지상의 마지막 선물 15
– 이산가족

같은 병원 건물 안에 우린 서로 이산가족

무덤덤한 사인데도 웬 걱정 이리 들까 사람의 목숨이야 오라면 간다지만 사는 날까진 건강하게 살아야 할 권리 또한 있다기에 안절부절못하는 걸까? 무균병실 신세 지는 아내는 지금 뭘 생각하고 있을는지? 한데, 한데 말이야 홀연히 어머니 배내옷이 그리워지는 건 왜 그럴까? 아마도 개복수술 후 순수해진 건 아닐는지? 별의별 생각에 날밤 홀랑 새는 줄 모르는데

어쩌면 이런 걱정도 호사라면 호사일 테지

지상의 마지막 선물 16
— 휠체어

난생처음 휠체어 타고 병문안 가고 있다

　입원실 층이 달라 앉은 채로 엘리베이터 갈아타고 아내 병실 찾아간다 물론 병실에는 못 들어가고 목소리만 듣고 쓸쓸히 철수한다 참 기막힌 병실 규정이다 문턱 하나쯤 못 넘다니 어쩌겠는가?

　집에서 더 잘해줄 것을 괜히 유난 떤 것 같다

지상의 마자막 선물 17
－재회

퇴원장 받아 들고 눈물의 상봉을 한다

그간의 먼 여로를 끝내가는 호스피스 환자처럼 가슴 한쪽
먹먹해 온다 증여자는 퇴원하고 수혜자는 연장 치료가 필요
하단다 차마 떨어지지 않는 발길을 돌린다 이제 얼마 남지 않
은 재회를 기약하며…

부부의 한평생이란 게 살얼음 연속이지

지상의 마지막 선물 18
－퇴원 후

안도감과 피로감이 전신을 엄습해 온다

텅 빈 집안이 멀뚱멀뚱 나를 맞아준다 이 방 저 방 기웃거리
며 마치 낯선 남의 집에 온 것처럼 서먹하다 하지만 금세 집
이 주는 평안과 행복감에 푹 빠진다 잠이나 실컷 자야겠다

아, 벌써 3월도 중순이다, 세월 잊고 살았나 보다

지상의 마지막 선물 19
-평안

아스라이

먼 곳을 분주하게 다녀왔다

허공 같은

평안을 베고 나를 띄운 구름 침실

열흘이

천 날이었나

등불마저

낯설다

지상의 마지막 선물 20
―꽃은 피어 지천인데

지리산 눈바람에 선잠 깬 산수유꽃이

바람에게 묻습니다 "산수유 시인은 어디 갔대요?" 바람이
전합니다 "그 양반 마누라에게 신장 하나 나눠주고 지금 서울
에서 요양 중이라는구만, 근데 그 부인은 신장이식이 이번이
첫 번째가 아니고 두 번째라네" 그러자 산수유꽃이 "어쩐지
눈에 익은 그 산수유 시인 보이지 않아 궁금했어 이제 다 알
겠구먼" 산수유 꽃가지가 고개를 숙이고 잠시 명상에 듭니다

"사랑은 말이 아니라 실천이제 하며 그렇고말고"

지상의 마지막 선물 21
– 운명

어차피 만성신부전증은 아내가 지고 갈 운명이다

일상으로 돌아온 집안은 평화가 그득하다 그래도 환자는 환자인지라 언제 어떤 반란군이 침범할지 모르는 경계선에 머물러 산다 오늘 하루 평안에 감사하며 살아야지

면역제 그 처방약은 한 생명의 파수꾼인가!

지상의 마지막 선물 22
- 에필로그

매사에 감사하고 기도하며 살아야겠다

이승의 한 번 생은 얼마나 큰 축복인가 권불십년에 교불삼
년이라 했던가? 화무십일홍이요 달도 차면 기우는 법

이따금 풍파 일어도 순응하며 말이야

지상의 마지막 선물, 그 이후

– 재수술

완전이 불완전이고 불완전이 완전인가?

아내는 훈장을 하나 달고 퇴원을 했다 마치 전역 장군의 무
공훈장처럼… 신장에서 방광으로 가는 통로가 수술이 잘못돼
소변 봉지를 옆구리에 차고

재수술 그 집도의의 손에 간절한 기도를…

청천벽력

이식수술 후 2년여가 지나 대장암이라니

호사다마라 했던가, 집안에 평안이 찾아왔나 했더니 내시경
결과 대장암 판정을 받았다 기구한 팔자라는 생각밖에 더 할
말이 있겠는가 또다시 급행으로 수술대에 올랐다

그 이후 항암제 주사 열두 번, 예후가 좋다 하니⋯

아내 회갑

수술 후 8월 28일이 개띠 아내 회갑날이다

병원 옥상에서 온 가족이 둘러 모여

케이크 촛불을 붙였다, 저 불꽃처럼 환할 날 기도하며

항암 후

119 앰블런스가 번번이 필요했다

마치 자가용처럼 구급차 신세를 졌다 어느 날은 지리산에서 서울 병원까지 그리고 1년 후 지금은 씻은 듯 상쾌함이 찾아들었다

결과가 썩 좋다는 의사 소견 하늘이 활짝 웃었다

3부

옥잠화 오후

옥잠화 오후

마당 한켠 풀섶 사이 저 홀로 핀 옥잠화

옥양목 새 저고리 밤새 다듬어 받쳐 입고

초가을 햇살 받으며 까무룩 잠든 오후 한때

보아줄 사람 없어도 풍진세상 타박 않고

손때 하나 타지 않고 지고지순 그 자태로

한세상 비손하면서 묵상하는 보살 하나

내비게이션

1
연어의 귀향이야말로 태초의 내비게이터
아슴푸레 떠도는 기억 촘촘히 엮고 묶어
기어이 탯자리 더듬는 저 찰진 귀소본능이여

2
어정세월 뜬구름 몇 점 산마루 서성이고
산수유 꽃바람이 돌담길 확! 쓸고 갈 때
낯선 이 귀촌했다며 새 문패 또 붙어있고…

대처에 떠돌던 이웃 제집 찾기 잊었는지
도로명 바뀐 주소에 동구길 놓쳤는지
회귀한 연어는 드물고 이방인만 늘어난다

돌담 능소화야

내전 깊이 입은 승은 어이 쉽게 잊겠는가

석 달 열흘 궁궐 울담 애오라지 타고 올라

꼭 한 번 다시 만날까, 꽃등 밝힌 저 능소화

해설피 이울 운명 멀찌감치 미뤄두고

오늘을 살 수 없어 피 토하듯 하소하나

능소화 짠한 설화가 담장마다 맺혀있다

3월 산동마을

팽팽히 현鉉을 당기는
그 고요가 밀어 올린

궁문 깊은 반올림의
산수유꽃 암술이라니

낮달이 훔쳐보다가
구름 속에 자지러진다

여직은 맵찬 바람이
간간이 동냥 오고

앙가슴 열린 이른 봄
떡잎 일러 꿈틀대니

검버섯 고목나무가
옷고름 스르르 푼다

아내의 손전화

1
구급차에 실려 간 뒤 홀로 남은 손전화
투약 시간 다가오면 어김없이 울어댄다
그마저 울지 않으면 적막이 태산일 터

2
배터리 다 됐다고 숨소리 끊긴 지 오래
병실 안부 묻고 싶어 전화기 들었다 놓을 뿐
아 그래, 간병인 번호 적어 올 걸 그랬어

하루하루 산다는 게 어쩜 이게 무간지옥
퇴원 날짜 묵도하는 저녁 해만 천 근이다
아침엔 까치 한 쌍이 느닷없이 울다 갔어

6월 빈 마루

무논 개구리 울음, 지리산을 들었다 놓고
농익은 밤꽃 향에 어질머리 자지러진 밤
달빛에 구름 비끼듯
6월 한때 미끄러진다

큰 수술 끝낸 아내 언제 웃음 되찾을까
서울 갔다 오는 걸음 천근만근 굼떠있고
빈 마루 홀로 앉아서
재활의 길 묻고 있다

'무병장수' 옛말이고 '유병장수' 시대라는데
소망의 끈 꽉 붙들고 오순도순 사는 거지 뭐
어차피 생生이라는 게
제 줄타기 아니던가

돌담 별꽃

서두른 꼬마 봄이 깨알같이 톡톡 틔었다

살얼음판 샛강 건너 굽이굽이 돌아온 봄

뵈올 길 없는 어머니 그리움이 강물이다

꽃담가 한가로이 오밀조밀 피어난 별꽃

두고 온 하늘나라 못내 사뭇 밟히는지

낮밤을 가리지 않고 사운거리며 웅성댄다

겨울 산동

고삐 풀린 겨울바람 산수유 숲 훑고 간다
만등불사萬燈佛事 끝낸 들녘 시린 낮달 술렁이고
골 깊은 겨울 산동은 그림자도 훈김이 된다

이웃 소식 무장 뜸해 마실 나서듯 오일장 간다
얼추 봐도 장꾼들이 손님보다 훨씬 많은
말 고픈 사람들 모여 뜬소문을 입방아 찧고…

북적대던 선술집 어스름이 잦아들면
떨이 물건 한 보자기 추억처럼 꾸려 들고
적막을 동반한 귀갓길 허기가 한 짐이다

새벽이슬

거미줄에 동화처럼 초롱초롱 걸터앉아

옷고름 동여맨 채 어둠의 끈 훑다 말고

잠잠한 바람에 실려 여명 저리 흔들다니

하늘나라 어머니 사랑 몽실몽실 물고 왔나

소슬히 가꾼 말씀 묵주처럼 꿰어놓고

꽃처럼 피었다 이운 잠언수행 한 생이라니

겨울 까치집

집 나간 새끼들은 밤새 돌아오지 않았다

싸릿대 얼기설기 한 칸 둥지 이리 휑할 줄

몰랐네, 정말 몰랐어,

찬 바람 겨울 까치집

그래도 그때가 좋았어, 좁아터져 아옹다옹

숭숭 뚫린 하늘지붕 체온을 비벼가며

서로를 사랑했던 게야

휴! 서릿발이 하얗다

낙엽의 지문

잎새 위에 번진 눈물 낙엽이 어이 알랴

가을이 던져준 햇살 스스로 녹여가며

여백에 숨겨진 지문 가슴 깊이 품어왔지

한소식 동여매고 고별시를 쓰는 오후

온기 남은 지문도 시나브로 식어갈 거야

겨울 강 더디 건너면 새날 또 오겠지만

수족관 돌돔

망망대해 활보하다 강제 납북 어민처럼
그물 안에 매듭 풀고 활어차에 탑승한 채
산소통 수족관에서 바다의 꿈 접는다

탈출할 수 없는 욕망 접었다 다시 펴는
네온사인 불빛 따라 출렁이는 긴 하루
뜰채가 저승사잔가, 옥방 안 숨이 차다

구해줄 수호천사 눈 씻고 기다리다
푸른 날 당찬 결기 힘없이 꺼져간다
부레에 바람 빠지며 식어가는 한 생이여!

고로쇠나무에게

미안해, 거두절미하고 사과 글을 전하네

자네는 분명 성자여
복음서 그대로 살아가는

초유를
빼앗기고도
성내지 않는
십자가의
그
자애

설날 고향집에서

부지깽이 나뒹구는 고향 정짓간 들어서면

이냥저냥 서러운 건 엄니 흔적 있어서인가

설움에 비낀 유년이 솥뚜껑에 녹슬어 있네

어스름 격자 창호 손때 전 사슬문고리

누군가 반색하며 맞아줄 것 같은데

휑하니 찬 바람 일어 가슴 저민 중년 설날

섣달 산수유나무

무서리 칼바람에 초롱불 꺼진 산수유나무

한 해의 끝자락 물고 시름시름 앓아가며

함박눈 솜이불 덮고 섣달 앞에 서있다

이따금 물까치 떼 문전걸식 날아들면

어머니 젖 물리듯 통째로 내어주고

빙벽의 그 긴 겨울 강 건널 채비 하고 있다

성묫길 은유

자드락길 외로 돌아 둘러앉은 가족 묏등
도란도란 도랑물이 옛이야기 풀어 적시면
흘러간 우리 집 가족사 오늘인 듯 주고받네

순수의 고백들이 햇살 아래 부서져 내려
아스라이 걸어온 길 뒷짐 진 채 잔걸음 치고
언젠가 나 묻힐 곳에 소주 한 잔 고수레한다

누군들 예외 있으랴, 순서 없이 가는 그곳
하늘이 호명하면 뒤돌아볼 여유 있을까
불러도 메아리 없는 먼 훗날 내 자화상이여

겨울 산수유 숲

물안개 자욱한 고샅
비껴가는 바람을 업고
또 한 해 마무리하는
까칠하고 야윈 손들
내후년 기약하기에
저문 해가 숨 가쁘다

타작 끝낸 산수유 숲
겨울잠 삼매에 드나
초파일처럼 만등 켜고
왁자하던 산동마을
허허한 가지 사이로
적막이 작두날 타네

가을 엽서

반송돼 온 가을 엽서 돌담길에 쌓여간다
각각의 사연을 적어 갈바람이 배달해 준
서로의 안부 묻는지 바스락대며 술렁인다

황혼 젖은 지리산에 봉두난발 물안개 자락
소리 죽인 흐느낌 아래 길 닦는 씻김굿인가
한 해의 끝자락이 휴! 뉘엿뉘엿 저무는데

사람 사는 세상사 저 자연과 일란성인지
뜨거웠던 쉰 목소리 공염불로 내려놓고
외롭게 산 바라기 하며 또 흰머리 긁적인다

상고대 사랑

손 뻗으면 잡힐 듯한
상고대 핀 지리산 능선
아침 햇살 술렁임에
봄눈 녹듯 스러져 가는
짠하게 짧은 생 앞에 순백의 사랑을 본다

어찌 보면 어느 푸른 날
내 사랑 같기도 하고
그래서 더욱 애달픈
상고대 하얀 꽃이여
더더욱 아름다운 건 흔적 없는 그 뒷모습이다

눈꽃 저녁

산동마을 눈꽃 저녁은 막차 떠난 간이역 같다

군불 연기 머리 풀어 하늘 멀리 사라져 가면

사위四圍는 적막을 품고 동화 속으로 빠져든다

쑥대처럼 자라는 탐욕 불쏘시개 쓰는 거다

밤새 덮인 고샅 눈길 해돋이에 사라져 가듯

한 시절 쌓았던 곳간 한낱 볕뉘 아니던가

고사목枯死木 부부

1

지리산 제석봉의 고사목 군락을 봐라
죽음을 가슴에 묻고 천년 사리탑 되어

주목朱木의 결 굳은 자존
증언하고 있는 거다

2

홀연 이승 저물어져 이별 시간 찾아오면
콩팥 나눔 쌍둥이 토닥토닥 우리 부부

저녁놀 한 폭 걸치고
고사목으로 남는 거여

개구리 마중

와병 중인 낭군을
수발하는 김포댁이
해토머리 물빛 감고
섬진강 찾아온 날
동안거
끝낸 개구리들
옹알이 밤을 새운다

구렁실에 올망졸망
합창단 돌림노래
그 소리에 내 유년이
기지개 화들짝 켜면
산수유
잔가지마다
꽃망울 샛별이 뜬다

4부

우리 아버지 동춘 양반

우리 아버지 동춘 양반 8

가정불화 없는 집이 어디 있겠냐마는

우리 아버지 가정불화는 좀 유별나신 것 같아 본인이 화내놓고 본인 성질을 못 다스리는 거야 울 엄니는 여필종부 그 표상이었어 사임당상을 수상하고도 남을… 잦은 매찜질도 묵묵히 이겨내신 분 요즘 같으면 바보 같은 사람이지 언제인지 기억도 희미한 일이야 두 분이 한바탕 소동을 일으키고는 아버지가 봇짐을 꾸리는 거야 그러고는 지리산으로 향하셨지 출가인지 가출인지 구분이 안 되는 사건을 일으켰어 엄니께서 걱정이 되신지 나더러 따라가라는 거야 아버지 뒤를 졸졸 따라가는데 한 두서너 시간 갔을까 다름재 골짝 염소막으로 가셔서는 거기서 살겠다는 거야 할 수 없이 하룻밤을 자고 그 이튿날 애기 달래듯 달래서 그 양반 귀가시켰지

유별난 우리 아버지 저승에선 화해했는지 몰라

우리 아버지 동춘 양반 9

어느 해 추석 장터에서 씨름판이 열렸다

단신인 아버지가 씨름판에 뛰어드신 거야 몸무게는 줄잡아 70킬로가 안 넘으셨지 차례차례 참가 선수들 쓰러뜨리고는 대망의 결승전에 오르셨지 상금으로 송아지가 걸려있는 산동면에서는 가장 큰 행사인 거야 그런데 이변이랄까 아니면 실력이랄까 3판 2승제에서 첫판을 내주고 내리 두 판을 이기신 거야 장사 타이틀을 목에 건 채 송아지를 끌고 백두장사가 되어 마을로 향하셨지 배보다 배꼽이 더 크게 잔칫값이 들었지만 말이야 그 양반 역사에 길이 남을 사건인 거야

호걸은 간 곳이 없고 묘비석만 쓸쓸하네

우리 아버지 동춘 양반 10

셋째 누나 어릴 적 해프닝 전해 들은 이야기야

우리 마을 앞 냇가는 전체가 반석으로 깔려있지 반석 위를 흐르는 물이 얼마나 맑은지 몰라 거기에 여기저기 웅덩이가 파여 소를 이루고 있지 여느 여름 하루는 동네 친구들과 그 소에서 멱을 감고 있는데 아버지가 보신 거야 말만 한 큰애기들이 홀라당 벗고 멱 감는다고 그 양반 누나 친구들 옷을 전부 거두어 가버린 거야 마치 나무꾼과 선녀의 이야기처럼, 생각해 봐 그 후에 어떻게 됐는지

참말로 그 양반 가치관 유별난 것 같아

우리 아버지 동춘 양반 11

막내누나 시집가던 날 돼지 한 마리 잡았지

어릴 때는 축구공이 귀하던 시절이라 동네에서 돼지 잡는 날이면 고기 먹는 기쁨보다 더 큰 재미 하나 있었어 바로 그게 돼지 오줌보 얻어 입으로 바람을 넣어 공차기를 하는 거야 청군 백군 나눠 신나게 공을 차는데 우리 아버지 그걸 본 거야 잔치 때 바쁜데 심부름 안 하고 공 차며 논다고 그 공을 잡아서는 낫으로 찢어버린 거야 한번 생각해 봐 친구들한테 얼마나 미안하고 염치없던지

그 양반 분명 놀부는 아닌데 심보는 알 수가 없어

우리 엄니 동춘댁 8

－장날

철부지 적 어느 해 가을 장날이었어

 해거리하던 넓적감이 오랜만에 풍년이었지 우리 엄니 그 감 수확해 광주리에 받쳐 이고 나를 데불고는 10리 넘는 산동장으로 향하셨지 어디 우리 감 농사만 잘됐겠어, 장터가 온통 감 판인 거야 감은 안 팔리고 수중에 돈은 없고 점심때가 지나니 한창 먹을 때라 속없는 배 속은 쪼르륵쪼르륵 신호 보내고 알사탕 국화빵 돼지국밥 뻥튀기 생선 비린내 진동하고 멈춤 없는 시간이 달음질치던 난감한 오후, 우리 엄니 쌈짓돈 털어 국화빵 서너 개 사주는 거야 당신은 배 속 타령 하며 안 잡수시고 나만 주며 하시는 말씀 "조금만 더 기다려보자 누가 파장에 살지 모르니까" 그러고도 그 감은 영영 팔리지 않아 집으로 다시 가져왔어 농사꾼 우리 엄니 장사 요령 없는 건 당연한 일이고 땡처리는 생각도 못 했겠지

 해 질 녘 신작로 그 길 두고두고 서럽습니다

우리 엄니 동춘댁 9

어릴 적 진돗개 한 마리 친구처럼 키웠지

학교 파해 집에 오면 꼬리 치며 반갑다고 제일 먼저 마중 나오던 그 눈빛 맑은 진돗개! 어느 가을날이었어 학교 갔다 돌아와 보니 내 친구가 안 보이는 거야 개를 찾는 나에게 우리 엄니 왈 "돈이 궁해서 그 개를 장마당에 내다 팔았다 이제 누렁이는 잊고 공부나 열심히 해라" 하시는 거야 그 말을 듣자 달구똥 같은 눈물 펑펑 쏟으며 얼마나 우리 엄니 원망했는지 몰라 사건은 그 이후 터졌지 그놈이 팔려 간 집에서 도망 나와 우리 집으로 와버린 거야 무단가출 무단전입 그리고 단식농성(?)

어른이 다 되어서도 눈에 선한 그놈 진돗개

우리 엄니 동춘댁 10

－닭장국

닭 한 마리 잡아 집안 식구 못 사귄다고

우리 어릴 때는 1년에 몇 번 닭장국 먹는 날이 정해져 있었
어 설날, 한가위, 아버지 생일 그리고 제삿날 그날 빼고는 특
별한 손님이나 와야 닭이 헤엄치고 도강한 닭장국 맛을 봤지
그런데 꼭 그런 날이면 화가 나는 거야 왜냐면? 내 국그릇에
는 고기가 없는 거야 잘해봐야 뼈다귀 한 점 내지는 맹탕

식구가 열 명이 넘던 그때 엄닌 국물 맛은 봤을까

우리 엄니 동춘댁 11
－벌초

어머니는 하늘나라

꽃상여 소풍 가서도

한 해 한 번 추석빔으로

출장 미용 꼭 부르신다

보름달 환한 얼굴은

울 어매 그리움인가?

5부

손자가 로또다

호박꽃 산조散調

아리랑 아리아리 둥글둥글 호박이라

"호박꽃도 꽃이냐"고 참새 떼 둘러앉아 디딜방아 찧어대도 천만의 말씀 만만의 콩떡이지 기화요초 난만 중에 요 꽃만 찾아들어 잉잉거리는 왕벌 좀 봐! 꿀이란 꿀 죄 빼먹고 꽃가루 잔뜩 걷어 중량 초과한 채 귀가하는 저 꼴이라니! 그래도 흥, 저래도 흥, 호박꽃만 꽃이라지

아리랑 호박 넝쿨이 아리아리 넘어가네

부부

이울지 않는 꽃이
그 어디에 있으랴

별리 없는 만남이란 그 어디 또 있으랴만, 오죽하면 견우직
녀 칠월칠석 빠짐없이 만나겠나? 한 해 한 번 변치 않고 오작
교에서 만나설랑 산더미로 쌓인 얘기 질펀하게 나누지 않았
던가? 까치 머리털 하얘지도록 돌무더기 이어 나르게 해놓고
서…

주목朱木은 천 년을 살고
죽어 또 천 년 산다는데,

손자가 로또다

로또 한 장 사 들고서 대박 꿈꾼 사람처럼

아내의 하루 즐거움은 손주 녀석 전화라네 운 좋게 영상통
화라도 할라치면 그날은 로또복권 당첨 날이지 어쩌다 하루
라도 통화를 건너뛰면 안달복달 동분서주 보는 내가 안쓰러
워져 이젠 좀 그놈의 복권 당첨 자제해야지 숨이 차 배길 수
있나

그래서 더는 복권마트 들고 나지 않기로 했네

작은 구치소

가을 깊은 찬 바람에 파리 새끼 네댓 마리

사전 동의 없이 안방을 무단으로 점거해 공중비행 에어쇼 진짜 진짜 장난 아니다 시국선언 농성하는지 낮잠 한숨 자려면 약만 살살 올리고 파리채로 잡으려 해도 도저히 역부족이고 고민하던 차에 마침 서울 갈 일이 생겨 할 수 없이 그냥 내버려 둔 채 집을 나와버렸다 구치소 간판도 없이, 자기 분수모르고 설치다 잘됐다 이놈들!

어떻게 버티며 살지 걱정 반 통쾌 반이다

산수유 어머니

얼었던 달그림자 편서풍에 풀리자

희끄무레 봄바람이 산수유 가지 기웃기웃 조심스레 어루만
진다 그 사랑 너무 깊어 옷고름 스륵 풀어 가슴팍 열고 젖먹
이 나를 감싸던 우리 어매처럼 꽃망울 터트리며 잔잔한 웃음
짓는 저 산수유꽃

아, 어쩜 나이 드나 봐 그 얼굴 자꾸 보고 잪다

스마트폰 시대

디지털 시대 되며
세상 참 많이 변했어

그래, 요즘 말이야 돈·명예·건강 따위보다 더 큰 일이 스마
트폰 분실이래 스마트폰 잃어버리면 청맹과니 되어설랑 옴짝
달싹 못 하게 된 세상이라

내 친구, 어떤 놈 말인데
아내보다 '폰'이 우선이래!

오뉴월 개구리

개굴개굴 귓전 울리는 망종 무렵 개구리 울음

무논 가득 떠들썩한 오뉴월 콘서트에 철부지 유년으로 되돌아가 할 일 없이 옛 추억 곱씹어 보네 곱씹어 봐 보릿고개 하굣길 주린 배 참을 수 없어 논둑길 내달릴 땐 시렁에 걸어놓은 대나무 밥 바구니가 눈에 밟혀 허둥댔지 허둥댔어 어매 없는 집 안에 먹을 거라곤 보리숭늉뿐, 뭘 예서 더 보겠어 허겁지겁 한두 대접 벌컥벌컥 마시고 나면 시장기 조금은 가시는 게야 참말로 호랭이 물어 갈 세상이었지

어느새 또 보리누름 그립다 그 양반이 흑흑

함흥냉면

함흥에서 먼 곳까지 겁도 없이 잘도 왔소

고생 많이 했겠지만 죽어야 다시 산다는 민들레 꽃씨처럼
여기 와 다시 살아 큰 대접에 똬리 틀고 고명까지 얹어서 당
신 반기고 있지 않소 당신도 예의 있는 사람이면 잘 말아 드
셔야지 시퍼런 가윗날로 삼팔선 가르듯이 싹둑싹둑 잘라설랑
'마파람에 게 눈 감추듯' 해치우다니 원!

쫄깃한 면발 식감에 길게 한번 먹어봐요

제기랄, 풍년도 원수여

워매 참말로 이, 환장하고 눈깔 뒤집히네

뭘 먹고 지리산이 저러코롬 미쳤당가 고추 당초 묵었을까 최루액을 맞았을까 노총각 쌔뿌렀는데 그 사람들 어쩌라고 저리 곱게 물들여 놓고 뭔 놈의 사물 장단이 신나간디 저만 홀로 덩실덩실 너울너울 신명 일어 춤춘당가 흰 구름 둥실 띄 위놓고 물안개 살짝 깔아놓고 때로는 풍년도 원수여! 과일 농 사 잘되면 뭣 혀, 값이 똥값인데 쌀값은 또 어떻고 호랭이 콱 씹어 물어 가게

지리산 단풍이 탈 때 농민은 애간장 타는데

운조루에서

넉넉한 남도 아랫녘 섬진강 변 오미리에

세월 묵은 뒤주 하나 미륵처럼 정좌한 채 질곡의 우리 역사
증언하듯 노래하듯 오가는 길손 점잖게 반기고 있네 금환낙
지 길지인가, 풍수지리 명당인가? '타인능해'* 사자성어, 가훈
같이 새겨놓고 유이주 선생 뜻 받들어 운조루 지키고 있는 저
늠름하고 묵직한 뒤주라니

역사는 말하고 있네, 적선지가 필유여경積善之家必有餘慶이라고

---

* 조선 영조 52년(1776년)에 유이주 선생이 지리산 자락에 지은 가옥인 운조루에
는 '타인능해他人能解'라는 글씨가 새겨진 쌀뒤주가 있다. '타인능해'란 누구나
쌀뒤주를 열 수 있다는 뜻으로, 배고픈 사람이면 누구라도 쌀을 마음껏 퍼 가도
록 했던 것이다. 주인의 얼굴을 대면하지 않고 편안하게 쌀을 가져가도록 쌀뒤
주를 일부러 곳간채 앞에 두었다.

잃어버린 가을

인적 뜸한 마을 어귀,
무너진 돌담 가녘
모진 나날 견딘 소국小菊
함초롬히 피어서는
하늘 간 미당未堂의 시 한 소절
행간을 더듬고 있네

올가을 농촌 추수
태풍이 싹! 말아 가고
텅텅 빈 쭉정이 논밭
비껴 앉은 망연자실
이른 봄 뿌린 꿈들이
혀를 툭툭 차고 있네

이런 일 한두 번이랴,
속으면서 사는 한생
늘 그렇듯 속 다잡아
내년 또 기약해야지
올해도 구시렁대는 소리
섣달 울담 넘겠네그려

먹감나무 그늘

버리고 나눠준 뒤 나이테 한 줄 늘어나는

뜰 앞 저 먹감나무, 늦가을 내내 붉은 그늘 드리우더니 죄다
나눠주고 퍼주고 빈 꼭지만 내 중년 마당에 녹슨 배지처럼 깔
아놓았네 미움보다는 사랑을, 부정보다는 긍정을, 갖기보다는
나눔을 갈망하는 법정 스님의 화두처럼

무소유 끝낸 저 나목 내 참스승이었네

풍진세상 어이할꼬

1
그 누군들 죄업 없이
깨끗하게 살겠냐만
탱자가 유자 되는 건 애당초 과욕이었나

작금의
우리 세종로
바꿔봐도 또 농성장이니

2
달빛 잠든 산사 도량
고즈넉한 풍경風磬 소리
바람에 결을 주며 적막을 풀어놓고

뎅그렁
뎅그렁 울며
중생 아픔 달래고 있네

트로트 사랑

"있을 때 잘해 후회하지 말고" 이런 노랫말이 있다

이따금 외로움이 하늘 끝까지 차오르면 목청껏 소리 질러 흥얼흥얼거리면 쌓였던 스트레스 확! 풀릴 때가 있다 그게 우리 유행가 아닌가? 조금 배웠다고 클래식만 좋아하는 이들에게 고하노니 다른 사람 기호를 폄하하지는 말자 때로는 동백 아가씨가 베토벤보다 훨씬 좋을 때도 있다는 말이다

함부로 우리 트로트 낮춰 볼 일 정말 아니다

연말 퀴바디스

소문 없이 집 나간 이웃집 베트남댁

말 설고 사람 선 이국땅에 시집와

얼마나 살기 힘들어

밤봇짐을 쌌을까, 이!

찬 바람 돌담 골목 산수유 낙과 어지럽다

시어머니 붉은 눈물 열매마다 젖어있고

남편은 연말 술타령

소망 잃은 해 저문다

새해가 돌아오면 그 새댁 쓱 돌아올까

집집마다 사립 열고 비질하는 송구영신

눈 덮인 지리산 줄기

발치마다 새 바람 인다

일탈을 꿈꾸는 부처

가끔은 석가모니도 아마 일탈을 꿈꿀 거야

처음엔 모르겠으나 날마다 대웅전에 정좌한 채 내방객 큰절 받기 얼마나 힘들겠는가? 한두 해도 아니고… 그래도 중생들 소원 들어주려 한 걸음도 움직이지 않고 그 큰 귀 열고 미소 지으며 일일이 보살피고 들어주는 부처님의 저 자비!

더없이 화려해 보이나 참 고생 많으시겠네

아들네 보내고 나서

울 엄니 나 젊을 적 우릴 보낸 맘 이랬을까?

막내아들네 셋을 2박 3일 같이 지내다 떠나보내고 난 뒤, 대문 없는 집으로 들어오자니 옛날 그 시절 울 엄니 허전함을 이제야 철든 건지 온몸으로 체감하고 있다 이별 없이 살 수 없는 이승살이라지만 앙가슴 미어져 오는 것은 인지상정인가? 6개월 된 손주 이준이가 눈에 자꾸 밟히는데

휑하니 찬 바람 이는 집 안 등허리가 다 시리다

정님이네 집

1

두레박 우물이 있던 그 여자네 집에는
봄이면 개살구꽃 흐드러지게 피었지
유년의 설레는 가슴 아는지 모르는지

똬리 끈 입에 물고 물동이 이고 갈 때
표주박 동동 떠서 동당동당 소리를 냈지
뒤태가 너무 예뻐서 질끈 눈을 감았어

그때는 정말이지 아무것도 몰랐어
맥없이 밤새우며 책장 그냥 넘겼었지
샘솟듯 솟아오른 건 우물만이 아니었어

2

지금은 지상에 없는 야트막한 함석집 한 채
더듬더듬 고샅길을 오늘인 듯 찾아갔지
우물은 메워져 없고 살구낭구 그대로였어

이따금 그 사람 안부 귀동냥은 했었지
까무잡잡한 얼굴이 잔대꽃처럼 피어오르면

두 눈을 지그시 감고 마른침을 삼켰었어

켜켜이 쌓인 그리움 쑥대 숲에 웃자라 있고
물짠 세상 어깨에 메고 허둥지둥 예까지 왔어
문전엔 녹슨 쇠스랑 자화상같이 나뒹굴고…

3
이순 넘어 어느 해 함박눈이 쌓이던 밤
남도 끝 여수에서 전화 한 통 걸려 왔어
정님이 오빠 연락에 가슴 쿵쿵 일렁였지

이 말 저 말 나누다가 그녀 안부 물어봤지
어물어물 전하려다 말끝을 흐리는 거야
머리가 쭈뼛 서면서 느낌이 좋지 않았어

하늘나라 섬기려고 혹여 이승 떠났는지
거기까지 묻기엔 차마 용기 나지 않아
속울음 울컥 삼키며 그냥 접고 말았어

4

침침한 눈 때문인가 흐릿해진 정님이네 집
홀연 어깨 무거워져 내려놓고 살기로 했어
이제는 홀홀 털고서 그 물동이도 잊어야지

빡빡머리 검은 눈썹 손님처럼 찾아온 백발
가물가물 흐린 영상 젊은 날 초상인 게야
불현듯 바람이 일어 감싸 안듯 얼싸안고

어언간 빠른 세월 반백 년이 훌쩍 지났어
봄 오면 개살구는 꽃망울 또 터트릴 거고
흘러간 푸른 강물이 하마 역류하진 않겠지

산수유 꽃잎 아래 잠들다

어머니 올해도 산수유꽃 절정입니다

노디 건너 그 남새밭 돌담 굽은 골목마다 당신 누워계시는 묘비 앞 저리도 환합니다 언젠가 당신이 하신 말씀 찐하게 떠오릅니다 "눈에 익은 저 사람들 해 넘겨 또 볼 수 있을지" 어머니 눈빛에 어린 그리움이 꽃잎입니다 꽃상여에 오를 날이 기별 없이 찾아오면 그 꽃은 산동마을 산수유꽃이었으면 좋겠어, 하시며 어느 봄날에 푸념하듯 주문 외듯 말씀하셨지요 치잣물 진하게 물든 삼베 수의 입혀서 천변 꽃길 따라 상여꾼 앞세울 때 시리게 푸른 하늘 낮달이 술렁대고 우수수 지는 꽃잎이 손사래를 칠 거야, 하며 입가에 피어나던 어머니의 쓸쓸한 미소가 지금도 아련하게 가슴을 적십니다 어머니 오늘 밤은 두 귀를 열어놓고 발효차를 달입니다 당신과 마주 앉았던 그때를 떠올리며 찻물을 우리다 말고 켜놓은 당신 생각에 아려오는 눈시울을 어둠 속에 묻습니다 어머니 어제는 마른하늘에 숨어있던 빗방울이 섬진강 푸른 물살에 후드득 몸을 섞었습니다 금년 봄밤도 이리 뒤숭숭하게 가슴 밑동 흔들며 가고 당신 생각 마를 날 없어 어둠 밝힌 꽃잎에 눈을 던져 이 밤을 보내렵니다

창호지 격자 문틀에 실루엣 어린 울 엄니여

6부

도둑맞은 여름

도둑맞은 여름 1
-섬진강 대홍수

도둑이 소문내고 담장을 넘을까마는,

삼면이 바다인 우리 한반도, 그 바다가 비좁았는지 2020년
여름은 천지 사방이 물바다로 바뀌었다 강원에서 섬진강 포
구까지 시차를 두고 각 고을마다 이삿집 떡 나눠주듯 코로
나-19 그 골 깊은 상처에 염장을 지르고 돌아다니니…

섬진강, 폐허의 물터에 울음밭 흔든 태풍 소식

도둑맞은 여름 2
─ 우공牛公보살

난리 중에 최악인 건 물난리라 하였다던가?

강변 마을 한우 축사 느닷없이 강물 차오르자, 마구간 소 떼들이 대탈출을 시도했지 미물 아닌 영물이었는지 부처님께 소원을 전하려 500여 미터 고지 위 '사성암'으로 20여 마리가 '호시우보虎視牛步' 올라가서 '똥 묻은 우공' 법당 차마 못 들어가고 절간 도량 서성이며 물난리 그치게 해달라 통성염불 했다던가?

삭발은 나중에 한다며 비 그친 뒤 하산했다 하네

도둑맞은 여름 3
― 구사일생

물바다 된 섬진강 붉덩물에 암소 한 마리

정처 없이 허우적허우적 떠내려가서는 '우생마사牛生馬死'라
했다던가, 준마는 물살에 휩쓸리면 발버둥 치다 종내는 저세
상으로 가지마는 이 '우공'은 거센 파도에 그 큰 체구를 나름
대로 유유자적 물살에 맡겨 67킬로미터 남해바다 무인도까지
떠내려가 바다 구경 실컷 하고 금메달 딴 선수처럼 돌아왔다
하는구먼

하, 그래 생즉필사生卽必死 사즉필생死卽必生, 구사일생한 셈이지

도둑맞은 여름 4
- 오일장

물 빠진 구례장터 허기진 망연자실

 상인은 시름에 젖고 물에 젖은 온갖 쓰레기 상품 태산을 방불케 하고, 차마 눈 뜨고 볼 수 없는 '목불인견' 오일장 솟는 눈물 그칠 날 돌아올까나?

 그래도 살아야 한다 잉걸불 곧 타오를 테니…

도둑맞은 여름 5
- 만삭의 암소

섬진강 수해 현장 축사 지붕 그 높은 곳에

 죽을힘 다해 올라간 '우공' 한 마리, 강물 빠지고 사람들 도움으로 이틀 만에 축사로 돌아와 보니 만삭의 암소였네그려 하룻밤 자고 나서 쌍둥이 송아지를 순산했다니 그 지고지순한 모성애 뉴스 화면 스타가 됐네

 숨탄것, 다를 바 있겠냐만 어미는 위대하리

도둑맞은 여름 6
-침묵의 꽃

폐허가 된 수해 현장 마스크 쓴 도움의 손길

아무리 한여름 채송화 봉선화가 예쁘다 한들 어이 저 폭염
속 '침묵의 꽃'만 하랴! 구슬땀 낭자한 절규의 침묵, 그 땀내
사향보다 멀리멀리 오지게 퍼져가리니…

고통을 나누는 한때 꽃비가 냉가슴 후빈다

도둑맞은 여름 7
– 어느 목부의 눈물

가난한 농부의 아들, 그게 무슨 죄였던가?

흙수저로 태어난 김 씨 그 친구, 뽀도시 젊은 목부 시작한 지 어언 40여 년 세월을 밟고 한 마리 두 마리 두수를 늘려가며 누구보다 열심히 살아 이제는 남부럽지 않은 장년에 섬진강 대홍수로 애지중지 절반의 한우가 흔적 없이 휩쓸려 가버렸으니… 청천벽력 이게 꿈인가 생시인가?

폐허 된 축사 현장에 남은 건 박살 난 우렛소리뿐

도둑맞은 여름 8

−구례 양정마을

어림잡아 30여 가구가 한우 키우며

오순도순 살아가는 구례군 대표 축산 마을이다 소똥 냄새도 구수하게 나누며 나름 부자 소리 듣고 사는 이웃사촌들, 2020 홍수에 서시천 둑이 범람하며 축사들이 초토화되고 말았으니 인재 천재 따져 뭐 하겠는가?

마을이 폭탄 맞은 듯 된바람만 스쳐 간다

옥잠화 마중

눈 감으면 오늘 같은
하, 오랜 곡두라니

가을볕 똬리 틀어 까치발 치켜들고 눈을 맞춘 저 순백의 꽃
숭어리, 그 꽃숭어리 별채 뒤뜰 빠져나와 언제쯤 해후하자 언
약이나 했을거나 검붉게 그을린 얼굴 곱살스레 다듬으며…

뜬소문 끊어진 그이
소식 하마 아득한데!

영원히 아름다운, 잃어버린 시간을 찾아서

김남규 문학박사·시인

"운율을 통해 시간이 압축되고 비유를 통해 공간이 겹쳐진다"(김인환)라고 할 때, 비교적 정제된 율을 미적 형식으로 삼는 시조에서 리듬은 어떻게 발현되는가. 이는, 3장 6구 45자 내외(조윤제)라는 '시조의 이데아'에 복무하고 있는 이 세상의 모든 시조는 같은 리듬을 갖고 있는가, 하는 질문을 만든다. "당연히, 시조는 각자의 리듬을 갖고 있다"라고 대답하고 싶지만, 사정은 그리 간단하지 않다. 시조는 규범으로서의 운율(정형률)을 지켜야 하며, 이 운율이 리듬에 기여하는 바가 크기 때문이다. 여기에 '외재율'과 '내재율'이라는 수상한 어휘도 따라붙는다. 내재율은 외재율과 달리 '잠재적'으로 리듬감(율격)이 느껴진다는 것인데, 그것은 아무것도 설명할 수 없다는 말과 다름없으니 리듬에 대한 정의부터 다시 해야 한다.

시의 리듬은 운율韻律, 곧 운rhyme과 율meter을 지칭하는 개념이다. 일반적으로 운율이 객관적·물리적으로 지각되는 것이고 리듬이 심리적·정신적으로 지각되는 것이라고 말하지만, 더 생각해 보면 이 구분 자체가 불가능하다는 것을 알게 된다. 리듬은 운문과 산문 모두에서 발견되지만, 운율은 운문에서만 논할 수 있기 때문이다. 또한 운율은 구체적 실현이고 리듬은 추상적 개념이라고 말할 수 있지만, 이 둘의 구분 역시 용이하지 않다. 그러나 리듬은 "언어 운동의 전체 조직이자 지형도"(앙리 메쇼닉)이므로, 운율과 리듬은 겹쳐있으면서 더 나아가 리듬은 시의 의미와 관계하는 것이다. 물론 운율이 시의 의미와 관계없다는 말은 아니다. 이미 운율 해석 이전에 리듬 해석이 전제되어 있다. 따라서 시조의 운율은 작품의 아름다움을 생성해 내는 작용 혹은 장치일 뿐이지만, 리듬은 그 자체로 미적 현상이라 할 수 있으니, 이제부터 우리는 '시조의 율격'이 아니라 '시조의 리듬'이라고 말해야 한다.

그렇다면 홍준경 시인의 이번 시집은 리듬이 어떠한가. 이번 시집에서는 특히 시간의 문제가 서정에 깊이 관여하면서 시인 고유의 리듬을 구사하고 있다. 일반적으로 우리는 시간을 하나의 '흐름'으로 이해하고 있지만, 시간은 우리가 분절할 수 없는 추상명사이면서, 다만 우리가 사후적으로 '과거-현재-미래'로 재구성할 뿐이다. 그렇기 때문에 모든 사람은 상이한 체험과 기억에 따라 서로 다른 시간Kairos을 살고 있다. 여기서 현재의 주체에게 기억되는 과거의 사건은 늘 새롭게 온다. "과거란 현재의 기억, 현재란 현재의 직관, 미래란 현재의 기대"(『고백록』)라는 아우구스티누스의 말처럼 지금 현재 마음의 양태로 환원되는 과거는 변형되고 조작된 과거라 할 수 있는데, 이것이 바로 서정시의 기본 원리라 일컫는 에밀 슈타이거의 '회감回感, erinnerung'이다.

지리산 전역이 모두 자기 세상이라 말하는 홍준경 시인은 모든 사물, 특히 자연에 의해 현재 시인의 내면 풍경으로부터 과거를 본다. 과거를 소환하고 재구성하는 것 자체가 서정이며 미래라고 말할 수 있다면, "흐드러진 찔레꽃 덤불"에서 "두 어른 형형한 눈빛"(「어버이날 찔레꽃」)을 보고, 산수유에서 어머니를 본다(「산수유 어머니」). 시인은 본질로서의 사물, 본질로서의 과거를 찾으려는 회상과, 사건으로서의 비자발적 기억, 부재로서 현존하는 노스탤지어鄕愁라는 세 가지 기억법으로 아름다움의 문제, 즉 미학적 인간인 시인으로서의 삶을 유지하려 한다. 그에게 있어 시간의 문제를 시화하는 일은 곧 자기의 있음, 존재의 물음이므로 자신의 삶과 세계를 이해하는 방식이자 본래적으로 살아가려는 선언이 될 것이다.

*

늘 기억의 문제는 진실의 문제다. 그 순간으로 되돌아갈 수 있다면, 진실은 과연 무엇이'었는지' 생각하게 한다. 그러나 '언제나' 진실은 요령부득이니, 과거는 '항상' 새롭게 도래한다. 이데아를 기억해 내는 영혼의 일을 플라톤이 '상기想起'라고 불렀을 만큼, 과거를 해석하는 일은 곧 영혼의 일이자 주체성의 문제다. 다시 말해, 과거를 (계속) 되묻는 일은, 그것이 과연 내게 어떤 의미가 되는지 탐색하는 일이자 내가 누구인지를 고민하는 일이므로, 곧 미래를 맞이하는 일이라 할 수 있다. 시인은 "햇살 지펴 뜸들인 하얀 쌀밥 이팝나무"에서 "보릿고개/ 넘던 그때/ 눈물 삼켜/ 심으"(「이팝꽃 밥상」)신 어머니를 떠올린다. 이팝나무로부터 어머니와 유년 시절과 가난이 소환되었다. 그때의 어머니는, 가난은 시인에게 무엇이었는가(무엇이어야 하는가).

부지깽이 나뒹구는 고향 정짓간 들어서면

이냥저냥 서러운 건 엄니 흔적 있어서인가

설움에 비낀 유년이 솥뚜껑에 녹슬어 있네

어스름 격자 창호 손때 전 사슬문고리

누군가 반색하며 맞아줄 것 같은데

휑하니 찬 바람 일어 가슴 저민 중년 설날
　 ─「설날 고향집에서」 전문

　고향집의 다양한 사물에서 시인은 "이냥저냥 서러운" "엄니 흔
적"을 본다. "설움에 비낀 유년이 솥뚜껑에 녹슬어 있"는 것을 보고,
"어스름 격자 창호 손때 전 사슬문고리"에서 "누군가 반색하며 맞
아줄 것 같"다는 생각을 한다. 그러나 이미 사물에 시인의 내면 풍
경이 투사되었으니, 사물은 지금 시인 마음의 양태로 환원되었으
며, 과거 역시 그러하다. 낡고 녹슨 사물로부터 '엄니'가 소환되었
는데, '엄니'가 소환된 이유는 간단하다. "휑하니 찬 바람 일어 가슴
저민 중년"이 되었기 때문이다. 시인이 지금 현실보다 "설움에 비
낀 유년"에 주목하는 것은 '현재의 과거'를 불러오는 회상, 자발적
기억에 의한 일이다. "그래도 그때가 좋았어, 좁아터져 아웅다웅/
숭숭 뚫린 하늘지붕 체온을 비벼가며/ 서로를 사랑했던 게야"(「겨

135

울 까치집」). 그때 몰랐던 진실, 아니 지금 도래한 진실, 바로 '사랑'
이다. 진실과 마주하기. 시 쓰기로 가능한 일이다.

얼었던 달그림자 편서풍에 풀리자

희끄무레 봄바람이 산수유 가지 기웃기웃 조심스레 어루만진다
그 사랑 너무 깊어 옷고름 스륵 풀어 가슴팍 열고 젖먹이 나를 감싸
던 우리 어매처럼 꽃망울 터트리며 잔잔한 웃음 짓는 저 산수유꽃

아, 어쩜 나이 드나 봐 그 얼굴 자꾸 보고 잪다
　　─「산수유 어머니」전문

　　산수유 마을에 살면서 '지리산'이라는 심상 지리를 라이트모티
프leitmotiv로 활용하는 시인에게 '산수유'는 다양한 은유 대상을 가
지고 있다. 특히 산수유와 어머니의 관계는 주목할 만하다. "희끄무
레 봄바람이 산수유 가지 기웃기웃 조심스레 어루만"지자 "그 사랑
너무 깊어 옷고름 스륵 풀어 가슴팍" 연다는 전언을 우리는 에로스
의 문장으로 읽어내기 쉽지만, 뒤따른 언술 "젖먹이 나를 감싸던 우
리 어매"를 통해 모성애의 문장이었음을 알게 된다. 역모죄로 굶겨
죽이는 형벌에 처한 아버지를 위해 자신의 젖을 먹였던 한 여인을
그렸으나, 노인과 젊은 여인의 퇴폐적인 행위로 간주되어 외설 논
란을 불러일으켰던 루벤스의 작품 〈로마인의 자비Roman Charity〉처
럼 우리의 욕망이 머무는 곳에 그림이, 의미가 의미 '지어'지고 있
다. 시인이 노린 부분일 수도 있겠으나, 중요한 것은 "꽃망울 터트
리며 잔잔한 웃음 짓는 저 산수유꽃"이 '어매'를 닮았다는 것이다.

속성이 닮은 것인지 외현이 닮은 것인지 알 수 없으나, 시인에게 있어 산수유꽃을 감싸고 있는 사물의 본질은 '어매(의 사랑)'이다. "한 해의 끝자락 물고 시름시름 앓아가며/ 함박눈 솜이불 덮고 섣달 앞에 서있"는 산수유는 "어머니 젖 물리듯 통째로 내어주고/ 빙벽의 그 긴 겨울 강 건널 채비 하고 있다"(「섣달 산수유나무」)로 치환된다. 따라서 시인에게 있어 과거, 특히 어머니를 기억하고 어머니라는 심상을 사물에 투영하는 것은 '본질로서의 과거'를 묻는 것이면서 동시에 '사물의 본질'을 꿰뚫어 보려는 시 쓰기의 과정이자 소산이라 할 수 있다.

*

질 들뢰즈는 『프루스트와 기호들』이라는 저작에서 프루스트의 장편소설 『잃어버린 시간을 찾아서』를 통해 기호 해석에 의해 사유(철학)가 생성됨을 제시한다. 들뢰즈에 따르면, 기호는 본질을 절반만 감싸고 있고 해석에 나머지 절반이 있다. 따라서 기호 해석은 배움의 과정이며 진리와 본질을 찾는 일을 공부(철학)라고 했다. 그는 네 가지 기호를 제시하는데, 사교계의 기호(잃어버리는 시간), 사랑의 기호(잃어버린 시간), 감각 기호(되찾는 시간), 예술 기호(되찾은 시간) 중 예술 기호를 시간의 본질과 '우연히' 만나는 비자발적 기억으로 보았다. 다시 말해 과거와 현재는 연속적인 것이 아니라 서로 공존하는 이질적인 두 요소인 것이다. 현재는 끊임없이 지나가지만 과거는 그 자체로 계속 보존되고 있다.

만성신부전증 아내 20년째 투병 중이다

갈아 끼운 콩팥도 정년 다 된 퇴역 장군처럼 이임을 준비 중인지
투석기에 의지한 채 하루가 천 년 같은 아내의 병상 생활, 우리는 지
상에서 마지막 선물을 나누기 위해 '혈액 교차반응 검사'를 했다 동
일 혈액형이 아니라 노심초사 기원 끝에 전문의 진단은 이식 적합
판정이다 수술 날을 잡고 병원을 나서는데 마치 개선장군인 양 어깨
가 들썩댄다 겨울 하늘이 따뜻하고 된바람도 상쾌했지

이란성 쌍둥이 부부, 부활을 꿈꾸는가!
　－「지상의 마지막 선물 3 – 쌍둥이 부부」 전문

　시집의 제목이기도 한 연작시 「지상의 마지막 선물」은 만성신부
전증 아내에게 신장을 이식해 준 과정과 감정이 고스란히 드러난
증언이자 회고록이다. 이미 1차 이식으로 20여 년을 살아온 아내에
게 다시 한번 "그때 못 주고 아껴둔 내 콩팥"을 이식할 수 있는 "하
늘이 무너져도 솟아날 구멍"(「지상의 마지막 선물 2」)과 같은 기회가
생겼다. '지상의 마지막 선물'을 나누기 위한 검사 끝에 '이식 적합
판정'을 받은 시인은 "나눔은/ 주는 게 아니라/ 이란성으로/ 태어
나는"(「지상의 마지막 선물 1」) 것으로 보았다. 시인과 아내는 "이란
성 쌍둥이 부부"라는 것이다. "지리산 눈바람에 선잠 깬 산수유꽃"
은 바람에게 '산수유 시인'이 어디 있는지 묻는다. 신장이식 하러 간
산수유 시인에 대한 소식을 들은 산수유꽃은 "사랑은 말이 아니라
실천이제 하며 그렇고말고"(「지상의 마지막 선물 20」) 하며 명상에
잠긴다. '산수유꽃'과 '산수유 시인' 그리고 산수유로 은유되는 '어
머니'(혹은 모성성). 이들의 관계가 시집 전체를 견인해 가고 있다.

아스라이

먼 곳을 분주하게 다녀왔다

허공 같은

평안을 베고 나를 띄운 구름 침실

열흘이

천 날이었나

등불마저

낯설다
−「지상의 마지막 선물 19 − 평안」 전문

　수술이 무사히 끝난 시인은 집으로 돌아와 '평안'을 누리고 있다.
수술과 회복의 시간을 "먼 곳을 분주하게 다녀왔다"고 말하지만,
'먼 곳'은 신장이식으로 인한 시간이 아니라, 신장이식까지의 시간
일지도 모른다. "홀연 이승 저물어져 이별 시간 찾아오면" "저녁놀
한 폭 걸치고/ 고사목으로 남는"(「고사목枯死木 부부」) 것이 부부이지

만, "주목朱木은 천 년을 살고/ 죽어 또 천 년 산다"(「부부」)고 했다. 그러니 '먼 곳'은 여전히 가야만 하는 곳이다. 중요한 것은 천재일우千載一遇의 기회로 부부의 연이 계속 이어질 수 있었는데, 그 분기점이 바로 부부의 신장이식이다. 부부의 연을 오랜 시간 이어오면서 겪었을 모진 풍파와 눈물의 시간(클리셰지만 그렇게밖에 표현할 수 없는 삶의 부박함이여), 그리고 신장이식과 대장암이라는 아내의 위기, 모든 시간이 '고해苦海'다. 그러나 그렇게 좌절과 절망의 시간, 잃어버렸다고 생각되는 시간, 그 시간들을 시인은 지리산의 자연물로 조금씩 찾아오고 있다.

손 뻗으면 잡힐 듯한
상고대 핀 지리산 능선
아침 햇살 술렁임에
봄눈 녹듯 스러져 가는
짠하게 짧은 생 앞에 순백의 사랑을 본다

어찌 보면 어느 푸른 날
내 사랑 같기도 하고
그래서 더욱 애달픈
상고대 하얀 꽃이여
더더욱 아름다운 건 흔적 없는 그 뒷모습이다
　　－「상고대 사랑」 전문

시인은 도시가 아닌 자연에 산다. 그래서 그런지 산수유꽃, 홍매화, 찔레꽃, 동백꽃, 이팝꽃, 상사화, 옥잠화, 능소화, 밤꽃, 호박꽃

등 갖가지 꽃에 시인의 감정을 투사한다. 아니, 정확히 말하면 갖가지 꽃이 시인의 감정을 촉발하고, 시인을 붙들고 있으며, 시인으로 하여금 기호 해석을 요구한다. 예컨대 시인은 꽃 아닌 꽃 '상고대 하얀 꽃'에서 "짠하게 짧은 생 앞에 순백의 사랑"과 "어느 푸른 날/ 내 사랑"을 본다. 지리산에 살지 않았다면, 꽃을 보지 않았다면 시인은 시인으로 살 수 있었을까. 특히 시집에 자주 등장하는 '산수유'라는 기호는, 프로스트가 소설에서 말했던 물속에서 피어나는 종이꽃 '수중화水中花'처럼 시인의 과거를 현재에 피어나게 한다. 따라서 시인에게 있어 천지 모든 만물이 기호인 것인데, 기호를 통해 시인은 무엇을 찾게 될까. 바로 시간이다. 잃어버린 시간과 되찾아야 할 시간. 그 시간 속에 무엇이 있을까. 바로 사랑. 부부의 사랑, 부모의 사랑. 사건으로서의 진실(진리)은 이렇게 우리와 매우 가까이 있었던 것이다.

*

기억은 자기동일성을 유지해 주는 역할을 하기도 하지만, 망각 또한 필요하다. 모든 것을 기억한다면 그것은 형벌일 것이다. 과거가 얼마나 현재를 짓누르겠는가. 그러나 망각은 망각의 대상을 그리워하게 만드는, 일종의 역설을 갖고 있다. 이와 같은 괴로운 정서를 우리는 노스탤지어nostalgia라고 부르는데, 되돌아가는 일nostos과 아픔algos이라는 그리스어를 합친 말이다. 일반적으로 노스탤지어는 고향에 대한 그리움을 지칭하는 말로 많이 쓰이지만, 더 큰 의미로 과거에 대한 동경 혹은 지나간 시대를 그리워하는 것을 말한다. 여기서 중요한 것은 노스탤지어는 과거를 되찾지 못하는 데서

오히려 그 존립 근거를 찾는다는 점이다. 상실한 것을 되찾을 수 없다는 데서 슬픔이라는 정서가 솟아오르지만 되찾을 수 없기 때문에 기억하려 하면서 다시 또 슬퍼하게 된다. 잊지 않으려고 기억하지만 기억하기 때문에 슬픈 이중 구조가 무한히 반복되고 있다.

  어느 해 추석 장터에서 씨름판이 열렸다

  단신인 아버지가 씨름판에 뛰어드신 거야 몸무게는 줄잡아 70킬로가 안 넘으셨지 차례차례 참가 선수들 쓰러뜨리고는 대망의 결승전에 오르셨지 상금으로 송아지가 걸려있는 산동면에서는 가장 큰 행사인 거야 그런데 이변이랄까 아니면 실력이랄까 3판 2승제에서 첫판을 내주고 내리 두 판을 이기신 거야 장사 타이틀을 목에 건 채 송아지를 끌고 백두장사가 되어 마을로 향하셨지 배보다 배꼽이 더 크게 잔칫값이 들었지만 말이야 그 양반 역사에 길이 남을 사건인 거야

  호걸은 간 곳이 없고 묘비석만 쓸쓸하네
   -「우리 아버지 동춘 양반 9」 전문

  이번 시집에서 홍준경 시인에게, 되찾지 못한다는 것을 (잘) 알면서도 기억하려는 역설의 대상은 바로 부모님이다. 특히 시집의 제4부 「우리 아버지 동춘 양반」 연작시에서 아버지를 향한 그리움의 정서를 시화하고 있는데, 그 형식에 주목할 만하다. 사설시조의 형식을 취하면서 동시에 '해학'을 보여주고 있다. 기본적으로 해학은 웃음을 유발하는데, 공격성을 갖고 있는 '풍자'와 다르게 대상과

통합 또는 화해를 전제로 한다. 대상과 주체의 거리가 가깝기 때문이다. 인용시를 살펴보자. 단신인 아버지가 씨름판에 뛰어들었다. 그리고 마침내 우승했다. 시인은 "장사 타이틀을 목에 건 채 송아지를 끌고 백두장사가 되어 마을로 향하셨지 배보다 배꼽이 더 크게 잔칫값이 들었지만 말이야 그 양반 역사에 길이 남을 사건"을 기억하며(듣기만 했을 수도 있다), "호걸은 간 곳이 없고 묘비석만 쓸쓸하"다고 말한다. 뒤이어 보이는 연작시에서 다양한 아버지의 모습을 살필 수 있는데, "참말로 그 양반 가치관 유별난 것 같아"(「우리 아버지 동춘 양반 10」), "그 양반 분명 놀부는 아닌데 심보는 알 수가 없어"(「우리 아버지 동춘 양반 11」) 등에서 알 수 있듯이 아버지가 '유별난' 사람인 것은 분명해 보인다. 그렇다면 시인의 아버지에 대한 기억은 어떤 의미를 갖고 있을까. 바로 그와 같은 유별난 아버지 세대 혹은 시대의 상실과 그에 따른 그리움이다. 다소 가부장적이지만 나름의 온정이 있었던 그 시절은 시인에게 다시 돌아오지 않을, 그러나 가고 싶은 시대인지도 모른다. 지금은 아내와 신장을 나눠 가진 '쌍둥이 부부'지만, 다시 '백두장사', '호걸'의 아버지(남자)가 되고 싶은지도 모른다. 그렇다면 시인에게 어머니는 어떠한가.

어머니는 하늘나라

꽃상여 소풍 가서도

한 해 한 번 추석빔으로

출장 미용 꼭 부르신다

보름달 환한 얼굴은

울 어매 그리움인가?
　　－「우리 엄니 동춘댁 11 － 벌초」 전문

　앞서 언급했듯이, 어머니는 '그리움' 그 자체다. '어머니'와 '엄니'라는 단어가 시집 전체를 지배하고 있다고 해도 과언이 아니다. 「이팝꽃 밥상」 「석고대죄」 「지상의 마지막 선물 5」 「지상의 마지막 선물 9」 「지상의 마지막 선물 15」 「돌담 별꽃」 「새벽이슬」 「설날 고향집에서」 「섣달 산수유나무」 「우리 아버지 동춘 양반 8」 「우리 엄니 동춘댁 8」 「우리 엄니 동춘댁 9」 「우리 엄니 동춘댁 10」 「우리 엄니 동춘댁 11」 「산수유 어머니」 「오뉴월 개구리」 「아들네 보내고 나서」 「산수유 꽃잎 아래 잠들다」 등 '어머니'와 '엄니'가 등장한 시편이 이렇게나 많다. 어머니라는 존재가 이 시집의 가장 큰 키워드인 것이다.

　그 시절 전형이라고 여겨지는 "우리 아버지 가정불화는 좀 유별나신 것 같아 본인이 화내놓고 본인 성질을 못 다스리는 거야 울 엄니는 여필종부 그 표상이었어 사임당상을 수상하고도 남을… 잦은 매찜질도 묵묵히 이겨내신 분"(「우리 아버지 동춘 양반 8」)이었으니, 아버지에게는 미안한 일이지만 어쩔 수 없는 일. 시인에게 있어 어머니는 "꽃망울 터트리며 잔잔한 웃음 짓는 저 산수유꽃"(「산수유 어머니」) 같으면서, "하늘나라 어머니 사랑 몽실몽실 물고"(「새벽이슬」) 오는 새벽이슬과 같다. 아내와 신장이식 수술 직후 "어머니 배내옷이 그리워지는"(「지상의 마지막 선물 15」) 이유도 바로 여기서 찾을 수 있을 것이다. '백두장사', '호걸'이라는 아버지 이미지를 그리워하지만, 동시에 시인 역시 나약한 존재로서 "그 사랑 너무 깊어 옷고름 스륵 풀어 가슴팍 열고 젖먹이 나를 감싸던"(「산수유 어머니」) 그때처럼 사랑으로 보호받는 그런 자식이고 싶기 때문이다. "평소에 겁쟁이로 소문난 꿍생원"(「지상의 마지막 선물 6」)이 아내의 수술 앞에서, 삶의 분기점 앞에서, 그리고 살아내야 하는 삶 앞에서 어찌 담담할 수 있겠는가.

    3
이순 넘어 어느 해 함박눈이 쌓이던 밤
남도 끝 여수에서 전화 한 통 걸려 왔어
정님이 오빠 연락에 가슴 쿵쿵 일렁였지

이 말 저 말 나누다가 그녀 안부 물어봤지
어물어물 전하려다 말끝을 흐리는 거야
머리가 쭈뼛 서면서 느낌이 좋지 않았어

하늘나라 섬기려고 혹여 이승 떠났는지
거기까지 묻기엔 차마 용기 나지 않아
속울음 울컥 삼키며 그냥 접고 말았어

    4
침침한 눈 때문인가 흐릿해진 정님이네 집
홀연 어깨 무거워져 내려놓고 살기로 했어
이제는 홀홀 털고서 그 물동이도 잊어야지

빡빡머리 검은 눈썹 손님처럼 찾아온 백발
가물가물 흐린 영상 젊은 날 초상인 게야
불현듯 바람이 일어 감싸 안듯 얼싸안고

어언간 빠른 세월 반백 년이 훌쩍 지났어
봄 오면 개살구는 꽃망울 또 터트릴 거고
흘러간 푸른 강물이 하마 역류하진 않겠지
　-「정님이네 집」부분

　「정님이네 집」은 시인에게 서정이 어떻게 오고 있는지를 잘 보여준다. 그에게 있어 서정은 결국 시간의 문제. "두레박 우물이 있던 그 여자네 집"에는 "유년의 설레는 가슴"이 있었다. 그러나 다시 찾아간 그곳에는 "우물은 메워져 없고 살구낭구"만 그대로 남았다. "켜켜이 쌓인 그리움 쑥대 숲에 웃자라 있"을 정도. 이순 넘어 어느 날, 정님이 오빠에게 연락이 온다. 정님이 안부에 대해 "어물어물 전하려다 말끝을 흐리는" 그의 대답에 "머리가 쭈뼛 서면서 느낌이 좋지 않"아 결국 "속울음 울컥 삼키며 그냥 접고 말"아야 했다. 그리고 시인은 이제 "흐릿해진 정님이네 집/ 홀연 어깨 무거워져 내려놓고 살기로 했어"라고 선언한다. 그러나 과연 잊을 수 있을까. "이제는 훌훌 털고서 그 물동이도 잊"을 수 있을까. 여기서 '두레박 우물'(정님이네 집)은 부재로서 현존하는 '정님이'를 드러내는 자리, 극복 불가능한 상실의 대상이 있는 자리다. 정님이가 부재한 자리에는 이제, 노스탤지어가 자리 잡았다. 그리고 노스탤지어는 "봄 오면 개살구는 꽃망울 또 터트릴 거고/ 흘러간 푸른 강물이 하마 역

146

류하진 않겠지"라는 문장을, 시를 해마다 봄마다 터트리게 할 것이다. 잃어버린 것이지만 아름답기 때문이다. 영원히 아름다울 수 없기 때문에 잃어버린 것이다. 홍준경 시인에게 제일 아름다운 것, 그래서 잃어버린 것. 부디, 오래, 건강하게 찾아내기를 바랄 뿐이다.

　잃어버린 것을 찾기 위한 기억과 그 여정을, 혹자는 삶이라고 부르고 우리는 시라고 부른다.